Collection MONSIEUR

Monsieur
SILENCE

Roger Hargreaves

HACHETTE *Jeunesse*

Monsieur Silence aimait le calme.

Il vivait tranquillement dans une toute petite maison.

Mais pour son malheur, cette petite maison
était située au milieu d'un bois, lui-même situé
au beau milieu du pays du bruit : la Bruitagne.

En Bruitagne tout le monde était bruyant.

Oh, quel bruit !

En Bruitagne, les chiens ne faisaient pas « ouah! »
comme ceux que tu connais.

Ils faisaient « OUAH! » de toutes leurs forces.

Les gens ne fermaient pas les portes comme toi.

Ils les claquaient.

BANG!

Les gens ne parlaient pas!

Ils hurlaient.

– BONJOUR! criaient-ils
quand ils se rencontraient dans la rue.

Tu sais sans doute qu'il n'y a rien
de plus silencieux qu'une souris.

Eh bien, en Bruitagne on trouvait les souris
les plus bruyantes du monde.

– COUIC! COUIC! criaient-elles.

Monsieur Bruit aurait aimé vivre dans ce pays-là.

Il aurait même adoré.
Mais monsieur Silence n'aimait pas ça!

Le bruit lui faisait peur.

Alors il restait le plus souvent possible
dans sa petite maison,
au milieu de la forêt.

Mais bien sûr, il ne pouvait pas
y rester tout le temps.

Chaque semaine, par exemple,
il devait aller faire ses courses.

Il entrait timidement chez l'épicier.

– BONJOUR! hurlait l'épicier. QUE DÉSIREZ-VOUS?

– S'il vous plaît, murmurait monsieur Silence,
je voudrais un paquet de pâtes.

– QUOI?

– Des pâtes, s'il vous plaît, répétait-il.

– PLUS FORT!

Monsieur Silence essayait d'élever la voix.

– Des pâtes.

– JE N'ENTENDS RIEN, hurlait l'épicier.
AU SUIVANT!

Pauvre monsieur Silence! Il repartait sans ses pâtes.

Il entrait timidement dans la boucherie.

Le boucher chantonnait ou plutôt
chantait à tue-tête.

– S'il vous plaît, murmurait monsieur Silence,
je voudrais un bifteck.

Le boucher ne l'entendait même pas.

– S'il vous plaît, répétait monsieur Silence,
je voudrais un bifteck.

Sans un regard pour lui,
le boucher se mettait à siffler...
comme une sirène d'alarme.

Monsieur Silence se sauvait à toutes jambes.

Les mains vides. Sans rien à manger.

Cela lui arrivait souvent.
Voilà sans doute pourquoi il était si petit.

Pauvre monsieur Silence!

Ce soir-là, il rentra chez lui et s'assit, complètement découragé.

– Que puis-je faire ? pensa-t-il.
Peut-être essayer encore ?

Alors le lendemain il retourna faire ses courses.

Mais il n'eut pas plus de chance que la veille.

– JE N'ENTENDS RIEN, tonna l'épicier.

AU SUIVANT, S'IL VOUS PLAIT!

– JE N'ENTENDS RIEN, vociféra le marchand de légumes.
AU SUIVANT, S'IL VOUS PLAIT!

– JE N'ENTENDS RIEN, hurla le laitier.
AU SUIVANT!

– JE N'ENTENDS RIEN, rugit le boucher.
AU SUIVANT!

Oh! là! là!

Pauvre monsieur Silence! Il rentra chez lui et se coucha. Affamé.

Le lendemain matin, il fut réveillé par un bruit énorme. Une véritable explosion.

C'était le facteur qui frappait à sa porte.

BANG! BANG! BANG!

Monsieur Silence alla ouvrir.

– BONJOUR, cria le facteur.
IL Y A UNE LETTRE POUR VOUS!

Monsieur Silence prit la lettre,
alla dans sa cuisine et s'assit.

Il attendit le départ du facteur.

BOUM BOUM BOUM boum boum boum.

Monsieur Silence s'empressa d'ouvrir la lettre.

Pour la première fois de sa vie
il recevait une lettre !

C'était monsieur Heureux qui lui écrivait de son pays,
le pays du Sourire.

Et en plus, c'était une invitation !

Monsieur Silence était fou de joie.

Il se précipita dans sa chambre,
fit ses bagages et partit aussitôt.

Il était tard quand il arriva chez monsieur Heureux.

Il frappa à la porte.

Toc, toc, toc.

Monsieur Heureux ouvrit la porte.

– Bonjour, dit-il en souriant.
Il me semblait bien avoir entendu frapper.

Vous êtes sans doute monsieur Silence ?
Mais ne restez pas là. Entrez. Nous allons dîner.

C'était le premier bon repas de monsieur Silence
depuis des mois.

Tout en mangeant il raconta à monsieur Heureux
les problèmes qu'il avait en Bruitagne.

Monsieur Heureux l'écouta avec beaucoup d'attention.

Le lendemain, au petit déjeuner,
monsieur Heureux lui dit qu'il avait réfléchi.

– Vous feriez mieux de rester ici, au pays du Sourire.

Monsieur Silence rougit de plaisir.

– On vous trouvera une maison,
continua monsieur Heureux, et... du travail.

– Mais quel travail ? demanda monsieur Silence.

– Ne vous inquiétez pas, répondit monsieur Heureux
en souriant. J'ai exactement l'emploi qu'il vous faut !

Dès le lendemain, monsieur Silence
commença à travailler.

Et il adore son travail.

Sais-tu où il travaille ?

A la bibliothèque du pays du Sourire.

En effet, dans une bibliothèque,
il faut toujours être calme, silencieux.
On a tout juste le droit de chuchoter.

Monsieur Heureux a vraiment eu une très bonne idée,
tu ne crois pas ?

Maintenant monsieur Silence est très heureux.

Et l'autre jour, tu sais ce qu'il a fait
en rentrant chez lui ?

Il a ri. Très fort.

Etonnant, non ?

RÉUNIS VITE LA COLLECTION ENTIÈRE DE **MONSIEUR MADAME**, UNE FRISE-SURPRISE APPARAÎTRA !

HACHETTE
Jeunesse

Traduction : Agnès Bonopéra
Révision : Évelyne Lallemand
Dépôt légal n° 53888 - janvier 2005
22.33.4802.02/9 - ISBN: 2.01.224802.0
Loi n° 49- 956 du 16 juillet 1949 sur les publications destinées à la jeunesse.
Imprimé et relié en France par I.M.E.